KB125482

_____님께

세상에서 가장 소중하고 귀한 당신에게
이 책을 드립니다.

20 ． ．

from _____

삶은 다 경이롭다

초판 1쇄 발행 2019년 8월 1일

지 은 이 차용국
발 행 인 권선복
편   집 유수정
디 자 인 유수정
전 자 책 서보미
발 행 처 도서출판 행복에너지
출판등록 제315-2011-000035호
주   소 (157-010) 서울특별시 강서구 화곡로 232
전   화 0505-613-6133
팩   스 0303-0799-1560
홈페이지 www.happybook.or.kr
이 메 일 ksbdata@daum.net

값 13,000원
ISBN 979-11-5602-733-1 (03810)

Copyright ⓒ 차용국, 2019

삶은 다 경이롭다

삭막해진 마음을 적셔주는
시 한 편
차용국 시인이 전하는
마음의 소리

차용국 시집

도서
출판 행복에너지

서시
– 그대 삶의 길 위에 시가 흐르고

그대 삶의 길 위에 시가 흐르고
꽃이 필 수 있다면
그대 맑고 고운 얼굴로 살 수만 있다면
내 가는 길이 험하고 힘들어도
꽃향기 다정한 동산이라네

그대 삶의 길 위에 시가 흐르고
별이 뜰 수 있다면
그대 밝고 빛나는 눈으로 살 수만 있다면
내 가는 길이 지치고 쓸쓸해도
별 무리 쉬어가는 언덕이라네

서시

목차

제1부

담쟁이 날개를 펴다

제2부

주상절리에서 피는 꽃

제3부

삶을 위로하라

제4부

내가 갈 길

제1부

담쟁이 날개를 펴다

담쟁이 날개를 펴다

더디긴 해도
걸어온 만큼 푸르고
걸어갈 만큼 푸름이 더해지니

내가 어디쯤 왔는지
알 수도 없거니와
설사 안들 무엇하리

지금 어디에 있건
삶이 즐거우면 행복한 것
아, 이건 단순한 진리라네

후드득 비를 털고 일어서는
담쟁이
푸른 날개를 펴다

서울의 해

서울의 해는
강에서 떠올라 강으로 진다

강물에 노을을 깔고
강과 해는 나란히 앉아
걸어온 길을 이야기한다

매일매일 같은 길을 걸어도
자꾸자꾸 할 말이 많단다

일상의 반복 같은 날들이라고
어찌 날마다 할 얘기가 없겠는가

오늘 이 길에서 추억 하나 놓았으니
내일은 또 어떤 일이 더해질까

살아간다는 것은
언제나 새로움의 여정
궁금하고 설레는 기다림

사랑과 희망

우리 모든 걸 버리고 살지라도
사랑만은 포기하지 말아요
사랑마저 없으면
어떻게 다시 일어설 수 있나요

우리 모든 걸 잃고 살지라도
희망만은 꼭 움켜쥐고 있어요
희망마저 없으면
어떻게 다시 시작할 수 있나요

입추

불볕더위에 가을이 왔어요
기다리는 간절한 소리 멀리서 듣고
서둘러 왔어요
등 허리 흠뻑 적시는 땀쯤이야
뭐 그리 큰일인가요
지친 그대에게 희망이 되어준다면

조금만 더 힘내 함께 걸어요
숨 막히는 열사의 시간을 견뎌내는 건
굳센 의지만은 아니어요
그대를 기다리는 마음
꽃이 피고 지고 알알이 열매가 되어
희망의 송이로 익어가기 때문이지요

푸른빛 삶의 기상

저 큰 바위에 뿌리박고
당당하게 서 있는 소나무를 보라

어찌 그를 보고
생과 사의 숱한 순간순간을
이슬로 연명해서 살아남은
연약한 생명의 후예라 하겠는가
부서진 바위마저 단단히 움켜쥔
저 거친 힘줄이 꿈틀거리는데

삶의 타는 갈증을
모진 바람에 담금질한
저 굳은 세월의 구릿빛 어깨 위로
쏟아지는 햇빛
눈부시구나
푸른빛 삶의 기상이여

이포보 가는 길

강바람이 춥기는 해도
아직 얼음이 조금 남아 있어도
이미 봄빛을 입은 강물은
까치와 어울려
노래하고 있어라

꽃이 피지는 않았어도
벚꽃나무길 끝없이 이어진
한적한 강변
멋진 풍경 담으며 걷노라면
내 가슴은 어느새 봄날이어라

깨끗한 구름 몇 점 불러 모아
뚝딱 놓은 강물 속 징검다리 위에서
정겹게 재잘대는 새들처럼
삶의 가치와 행복도
꼭 거창할 필요는 없겠다

일상의 길 위에서 함께 나누는 소소한 이야기가
거침없는 웃음을 만들 듯이
천서리* 막국수집 따끈한 육수 한 컵을

---

* 이포보 근처 먹거리촌

두 손으로 꼭 쥐고 마시는 것만으로도
가슴은 훈훈한 봄날이다

해넘이

떠나는 너를 배웅하는
장화리* 바닷가
붉게 물든 구름을 붙잡고
그 사연을 물어본들 무엇하랴

날카로운 수평선에 베인 시린 눈으로
너를 보내며
반짝반짝 붉은 추억만 건져 올려도
미소가 넘쳐나는데

아픈 한 해
온몸으로 견뎌낸
장한 너를
바라만 보아도 좋은데

---

* 강화도 바닷가 낙조마을

돌아가는 삼각지에 달빛이 밝다

빌딩 위로 솟은 해가 빌딩 밑으로 지는 삼각지로
청춘을 찾아서 가자
오늘 청춘을 놓고 떠나갈 그를 배웅하고
고스란히 남아 있는 나의 청춘과도 만나리라

열정과 고뇌로 혼미했던 청춘을 남기고
매정하게 훌쩍 떠난 발길에 별들이 비처럼 쏟아졌다
무거운 짐을 벗어던진 날들이 새털처럼 흩날릴 때면
철없는 삼각지 청년의 등짝을 후려치곤 했다

술 향기 음식 냄새 왁자지껄한 골목집
옛 벗님들 사이사이로
낯선 청춘들이 하나 둘 채워진다
돌고 돌아가는 삼각지에 달빛이 밝다

그래, 남겨둔 것은 청춘이 아니라 그림자였어
이제 그마저 비우고 떠나가야지
그래야 늘 푸른 추억으로 만날 수 있으니
함께 돌아가는 그림자 위로 별들이 즐겁게 쏟아진다

새

날개를 접은 새는 더 이상 새가 아니다
두 발을 종종 걸어 온종일 모이를 찾아도
허기진 배를 채우지 못해
하얀 밤을 서성이며 새벽이 그리워 운다

날개를 펴지 못하는 새는 더 이상 새가 아니다
매일 아침 해와 함께
매일 밤 달과 함께
신비로운 세상으로 떠나야 새다

하늘을 날지 못하는 새는 더 이상 새가 아니다
흥겹게 날개를 저어라
나는 것이 즐거우면 하늘 땅 모두 낙원
나는 것이 숙명이면 하늘 땅 온통 지옥

안경

희망은 늘 저 벽 너머에 감추어진 보물찾기
애써 찾고 또 찾아도
삶은 순순히 지도를 내놓지 않는다네

더해지는 세월만큼 두꺼워지는 벽
삶의 무게를 향한 절박한 저항의 흔적처럼
눈가에 실개천이 흐른다네

허약한 것은 눈만이 아니지
마음마저 약해지는 상처를 가리기 위해
또 한 겹의 무거운 벽을 쌓는 거라네

마음으로 볼 수 있는 법을 배우지 못했기에
흐려지는 눈으로 산다는 건 늘 불안한 게지
그래서 자꾸만 아픈 벽을 쌓는 거라네

눈을 기다리며

눈은 오지 않았다
깊은 밤 약속의 창구는 텅 비어 가는데
기침소리 펄럭이는 지친 볼
빨갛게 언 기다림이 떨고 있다

세월의 각도를 비틀어
당돌한 역주행의 신호처럼
덜컹덜컹 달려오는 꽃샘 한파
시린 창문에 하얀 별빛만 쌓이는데

눈은 오지 않았다
여명의 출구를 지키는 굳은 가슴에
떨어지는 뜨거운 눈물 하나
순결한 그리움의 꽃을 보고 싶다

산으로 가라 하네

불광사 목탁 소리
청명한 하늘 두드리고
나뭇잎 흔드는 독경 소리
산으로 가라 하네

세파의 아픈 이야기
허세 넘치는 자랑질
다 듣고 보며 산다는 것은
서글픈 인내의 잔을 비우는 일

산으로 가서
새소리 물소리 한 통 받아
지친 가슴을 씻고
순하게 펼쳐 정돈하라 하네

쌓인 푸념과 허풍을 털어내고
달과 별이 전해주는 신비로운 이야기
삶의 저편에서 꽃처럼 피어나는 이야기
어서 가서 듣고 보라 하네

바람의 언덕 선자령

백두대간 길목 바람의 언덕
눈 덮인 능선 타고 당차게 올라서니
거침없이 달려온 거센 바람 한숨 고를 때
구름도 땀을 씻고 쉬어 가는데
설원이 너그럽게 내어 준 한자리에 서서
탁 트인 산야를 바라만 보아도 좋아라!

기대했던 칼바람은 불지 않아도
뭔가 비어 있고 어색하다 실망할 일인가
바람의 언덕도 좀 쉬는 날이 있어야지
맨날 바람을 쏟아 냈으니 얼마나 힘들었겠나
내일 또 씽씽 바람을 불러오기 위해서
오늘은 휴식이 필요했던 게지

덕분에 조금 더 여유롭게 걷고
맑고 아름다운 설산의 먼 풍경까지도
정갈하게 담아 갈 수 있으니 좋아라!
보시게, 산마루 이어 주는 풋대처럼
나란히 줄 서 도는 저 바람개비도
번갈아 날개 접고 멋지게 한숨 쉬고 있잖아

수락산은 봄날이라 한다

새순도 꽃도 볼 수 없는데
잔설 부서지는 백운계곡은 봄날이라 한다

스치는 바람이 제법 쌀쌀한데
영원암 독경 소리 흐르는 봄날이라 한다

까마귀도 까악까악 봄빛 물어 왔다고
신나게 자랑하는 봄날이라 한다

봄날이 왔다고 다 좋아라 하는데
삶은 봄날을 그리워만 한다

삶의 봄빛은 따로 오나요 길을 잃었나요
우둔한 심안이 봄빛을 잊었나요

봄날에 봄빛을 기다리는 일은 슬픈 독백이다
가자, 삶의 마당으로 봄빛을 찾아

가을 북한강 3

운길산은 낙엽을 덮고
곤히 잠들어 있는데
두물머리 두 강을
훌쩍 날아온 햇빛만이
수종사 경내를 어슬렁거리는 아침

북한강변 억새꽃 운동장에
새벽잠 없는 녀석들이
운동을 하는 건지
장난을 치는 건지
부산하게 손을 흔든다

바람을 타고 가을의 단상(斷想)이
후드득 떨어지는데
강은 넉넉한 품으로
산 그림자마저 끌어안고
도도(滔滔)하게 흘러만 간다

가을이 떠나가네

북한강을 힘차게 달려온 푸른 물
남한강을 만나 한숨 고르고

토실토실 흰 구름
덩달아 쉬어 가는데

어찌 그대는
서둘러 떠나려 하시나요

코스모스 옆구리 스치는 바람 붙잡아
토닥토닥 함께 걸어온 길 돌아보고

황금빛으로 써 내려간
추억을 불러내

손잡고 얘기하며 걸어가면 안 되나요
그대 갈 길 멀지라도

북한강 겨울 풍경

북한강을 병풍처럼 지키고 서 있는 산봉우리들
자라섬 물결 속에 긴 그림자를 드리우고
아침잠에서 깨어나는데
해는 가끔 구름을 걷어 내고 삐죽삐죽 나와
누가 오셨나 살펴보다가
다시 구름을 덮고 나오지 않는다

철새 무리가 푸드덕 물살을 치며 날아간 자리에
산과 강과 구름이 그려 낸
그림 속의 정원길이 펼쳐지면
따뜻한 동태탕에 잣막걸리 곁들이며
고구마순 말린 나물에 밥 한 그릇 뚝딱 먹고
하얀 가평천을 걸어간다

보납산을 필두로 암봉* 줄기가
줄을 서서 햇볕을 기다리고
순백의 연인산이 사뿐히 다가오는데
성큼 달려온 삭풍이 사람의 발길을 묶어 놓고
강물도 추워 얼음 방어벽을 친 해 짧은 응달 길에
눈이 쌓여만 간다

---

* 바위봉우리

외딴 집에 홀로 남아
꼬리를 흔들며 부르는 개의 노래가
외로움과 반가움으로 어우러져 강을 건넌다
산도 춥고 강도 춥고 개도 추우니
한 번쯤은 고개라도 내비치지
무정한 해는 어찌 구름 속에 숨어만 있는가

실레마을로 가자

신록 상큼한 금병산 병풍 속으로 홀린 듯 빠져드는 사월
앙증맞은 야생화 눈웃음치고
팔랑팔랑 새순 스치는 새소리 발맞추어
살랑살랑 춤추는 노란 동백꽃*
그래, 이곳은 너희들의 낙원
나는 잠시 지나가는 나그네
우리 낯설어도 함께 가는 길벗은 되자

각진 곳 없는 능선은
야박하게 사람 가리지 않고
정상에 서면 환하게 펼쳐진 풍경
세상사 볼 건 다 보며 산다
그래, 심성이 후덕한 연초록 길로
예전엔 들병이**가 넘나들었지
그들처럼 실레마을***로 가자

마을과 마을을 떠도는 장사치와 익은 술이 있으니
어찌 이야기가 쌓이지 않았겠는가
그 숱한 사연이 흐르는 마을에서
바람처럼 살다 간 청년 문인 김유정

---

* 생강나무를 말한다. 김유정은 소설에서 동백꽃이라 했다.
** 병에 술을 담아 가지고 다니면서 파는 들병장수
*** 춘천시 금병산 아래 김유정의 고향

투박하고 질펀한 입심 듬뿍한 글은
잘 담가 잘 익힌 장맛!
그 맛을 보고 싶다

은두봉 가는 길

첫눈이 내리는 길목에서
어린 나무들이 다투어 눈꽃을 피우면
느티나무 고목이 빙그레 눈을 뜬다

유서 깊은 마을 사람들은 고목에게
풍요와 안녕을 비는 제를 지냈고
고목은 마을을 지키며 수백 년을 살았다

한껏 멋을 부리는 상고대 사이로
바람이 남긴 발자국 따라
추억이 숨을 몰아쉬며 달려오는데

굳은 옹이처럼 다문 입은 열지 않고
구름을 덮고 곤히 잠든 청평호만 바라본다
청평호도 말이 없다 하얀 수첩에 눈은 내리는데

산행을 할 때에는

떨어진 낙엽이 흙이 되고
그 위에 또 낙엽이 쌓여
영겁의 시간이 숨 쉬는 숲길
우리 산행을 할 때에는
각박함도 야박함도 버리고 가자

올곧은 잣나무 진한 솔향이
콧등을 뜨겁게 스칠 때면
바람도 나도 어느새 산이 되는 것을
우리 산행을 할 때에는
맑은 가슴으로 경건하게 가자

제2부

주상절리에서 피는 꽃

주상절리에서 피는 꽃

흙인지 바위인지
애매한 경계

주상절리에서
꽃이 핀다

그 꽃의 생태를
해석하고 설명하려고 애쓰지 마라

꽃의 소리를 보고 들어라
그게 시다

엄마의 꽃

유월 어느 날 바람이 불면
마지막 홀씨 떠나보내고
그리움도 기다림도 가슴에 묻고
한평생 살아가는 민들레꽃

거친 손 마디마디마다
근심의 골은 길고도 깊어
칠월의 땡볕에도 마르지 않는
메마른 눈물꽃

먼 길을 돌아온 바람이
낮은 곳으로 불어와
굽은 허리를 흔들면
그제야 고개 드는 환한 웃음꽃

상사화는 피었는데

봄날의 푸른 잎을 떨구고
앙상한 허리에 주름진 유록(遺錄)

모진 시련 모든 정성 빚어
빛나는 눈물로 해맑게 피었는데

그 공(功)을 잊었구나!
잊고 살았구나!

함빡 웃는 선홍빛 꽃 앞에 서면
뼈마디가 저리다

바지락칼국수를 먹다

엷은 해무가 걷히자
포구의 곡선에
통통한 바지락을 풀어놓은 바다
나는 해변에 앉아 바닷소리를 듣는다
후루룩후루룩

바다를 건너온 만선의 추억은
맛깔스럽게 쌓여만 가는데
내 가슴엔 뜨거운 비가 내린다
바람에 떠밀려 하얗게 부서지는 멍든 파도
그리움이 허기진 사구에 쌓여만 간다

배를 불룩 내밀며 허세를 부리는 텅 빈 쌀독
주름진 바지락을 움켜쥐고
갯벌에서 서둘러 돌아온 엄마
장작처럼 메마른 손으로
가마솥에 토닥토닥 불을 지폈다

솥뚜껑을 흔드는 연기 속에서
꿈틀거리는 낙지발 같은 면발을
한 움큼 솥에 던진 엄마는
이팝꽃을 바라보며 눈물을 훔쳤다
바다의 포승줄에 묶인 오월의 숙명이었다

세월은 화려한 바다의 치세(治世)를 쓸어갔다
말없이 물러난 텅 빈 바다
돛단배는 지친 갯벌에 쓰러져 있는데
엄마 거친 손맛 아른아른
허기가 밀려온다 엄마!

바다가 멀리 물러서는 것은

해가 뜨면 늘 그랬던 것처럼 떠나는 바다
그를 배웅하는 의전행사는 지루했다
그가 내어준 갯벌은 시장처럼 번잡했다
그가 돌아와 곯아떨어진 해변에는
파도 소리만 우레처럼 부서졌다

어느 날부터인가 떠나지 못하는 바다
성벽 같은 방파제에 부딪쳐
하염없이 어슬렁거렸다
갯벌엔 늙고 쇠약한 파도의 가쁜 숨소리만
저린 추억을 파고들었다

주름진 해변을 흔들며 노을빛이 쏟아지는데
갯벌에 들어서면 아버지 냄새가 난다
해 뜨면 떠나갔다 해 지면 돌아오는
속 깊은 마음
바다가 멀리 물러서는 것은 사랑이었다

십이월의 장미꽃

낙엽마저 떠난
메마른 가슴

흰 눈 맞으며
장미꽃은 남았네

어찌 잊으랴
붉은 약속

세월은 그저
스치는 바람이었네

등대

하늘과 바다는
흰 구름 사이에 두고 마주 보며
미소 다정한 연인이었네

시선 끝 수평선에 불꽃을 피우고
돌아온 지친 해를 토닥이며
소망 가꾸는 연인이었네

한순간 스쳐 간 바람이었나
한 시절 심하게 앓은 열병이었나
붉은 눈물 뿌리며 쓰러진 불새[*]

이별의 이유도 모르는 해맑은 얼굴로
별이 되어
아픔도 슬픔도 없는 세상으로 떠났네

수평선 너머 별나라에 가면
영원히 반짝이는
어린 별을 만날 수 있겠지

부서진 파도의 파편 같은 추억을 찾아

---

[*] 노을을 뜻하는 경상도 방언

그리움의 불꽃처럼 맞추면
별나라에서도 볼 수 있겠지
서늘한 파도 소리 움켜쥐고
장승처럼 시린 눈으로 지키는 가슴
이별 없는 세상을

의자

애초에 너는 속살이 뽀얗고 척추가 곧았다
몇 달은 구름의 장벽에 부딪치고
몇 해는 열병의 고통에 맞서기도 했다
그렇게 넘어온 세월의 문
의자는 삐딱했다
질풍노도의 주체할 수 없는 체중을
한쪽으로만 쏟아냈다는 증거다
한쪽으로 쏠린 체중을
다른 쪽으로 이동시키는 것
그래야 똑바로 설 수 있다는 것
그 깨달음은 기다림

내 고향을 보았네

내 고향 죽동(竹洞)*에 가서 보았네
대나무 활을 들고 놀던 아이도
개울에 멱 감던 소몰이 소년도
떠나갔다네

내 고향 죽동(竹洞)에 가서 보았네
바람에 긴 꼬리 흔들던 가오리연도
그물에 걸려들던 송사리 떼도
볼 수 없었네

산 구릉 깎아 덮어 정돈된 논밭에는
기적처럼 하얀 빌딩 쑥쑥 자라고
흙먼지 풀풀 날리며 골목길을 돌아온 바람도
방문증 받아야 들어간다네

무심한 세월에 강산이 변한다고 했던가
지형마저 바뀐 평탄 마을
등고선이 사라진 마을 어귀에서
낯설고 낯선 내 고향을 보았네

---

* 대전시 유성구 죽동

48

고구마

고구마가 건강에 좋다고
어느 의사가 방송에서 말했다
그는 곧장 시장으로 달려가 한 상자를 샀다
깎아 먹고 쪄 먹고 구워 먹고 갈아 먹고……
그러다가 질려 잊혀졌다

고구마는 베란다 구석에서 알을 품었다
오월이 되자 순을 내민 고구마
날이 점점 더워지는데
떠날 곳을 찾지 못하는 순
누런 감옥에 갇혀 가쁜 숨을 할딱인다

매일 닦아내는 정갈한 바닥은
절대 넝쿨을 허용하지 않는다
말라가는 어미의 젖을 다 빨아먹은 순
아슬아슬한 잠에 떨어진다
그의 단호한 처분이 바람처럼 스쳤다

"어머! 여기 고구마가 있었네…
고구마가 건강에 좋다던데…
싹이 돋아 못 먹겠다…
버려야겠다"

애완견이 정신건강에 좋다고
어느 의사가 방송에서 말했다
그는 바로 애견숍에 전화를 한다
곧 달려갈 태세다

상징의 나라

우리가 사는 세상은 상징의 나라
채워지지 않는 공간을 넘어
한없이 만들어지는 또 다른 공간
끝없는 시간의 강물 위에
쉼 없이 뜨는 배
별과 달이 고개 들어 물결치는
뽀얀 삶을 흔드는 바람 같은 나라

상징의 화분에서 꽃이 핀다
한 줄기에서 핀 서로 다른 꽃
그 몸짓들이 우리가 알고 있는 역사
상징의 하늘에서 쏟아지는 울고 웃는 빗소리
같은 듯 다른 삶의 이야기는
너에게는 그림
나에게는 시

보리밥

할머니 식당은 멈춘 시계다
보리밥+콩나물국+열무김치+고추장
주름진 세월의 문짝을 밀고 들어온 손님들
제 집인 양 보리밥을 퍼 고추장에 비벼 먹고
오래된 문패 같은 나무상자에
알 수 없는 밥값을 넣고 나간다

평생 매일 아침 따뜻한 보리밥을 지어
잘생긴 군인의 영전에 올리고
장사 아닌 장사를 하신 할머니
"임자 보리밥이 최고여!"
월남으로 떠나며 환하게 웃던
젊은 할아버지의 마지막 말이었다

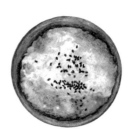

봉화산에서 부치는 편지

미세먼지가 심각해
네이멍구 사막에서 날아온 황사와 작당을 한 게야
저리 기세등등하니 청정지역 강촌도 피할 수 없나 봐
황사마스크를 쓰고 산행을 하다니 영 불편하고 찜
찜해
그래도 산속에 들어오니 조금은 나아진 것 같아
참나무 숲 사잇길로 바람이 능선을 흔들고 있어
그래, 바람아 더욱 세차게 불어라
이 상공에 찌든 먼지 모두 날려 보내라
내 가슴에 찌든 때도 모두 실어 가거라

손을 내밀면 검봉산과 강선봉이 닿을 듯해
삼악산 등선봉도 훌쩍 뛰어 건널 수 있을 것 같아
산객들은 정상에 올라 점심을 먹곤 해
성취감이 맛난 찬이 되어 주기도 하지
하지만 나의 배낭은 비어 있어
정확히 말하면 물만 있어
나는 때때로 이런 단식 산행을 감행하곤 해
온종일 물만 마시지만 큰 허기를 느끼지 않아
오히려 속이 편안해지고 몸도 마음도 가볍기만 해

문배마을에 도착했어
화전민이 살았던 오지 마을은 관광지가 되었어

마을 아래쪽 조그만 연못이 구곡폭포의 수원인 샘
이야
　　아홉 굽이 계곡 깊은 산속 폭포라는데
　　50미터 절벽에서 활강하는 물소리치고는 너무 허약해
　　봄 가뭄이 심한 탓이야
　　거침없이 쏟아지는 물무리를 보고 싶어
　　강촌에 와서 물을 그리워하다니
　　나 몹시 목말라 있나 봐

비 내리는 북한강 2

낙엽은 그리움의 연신(連信)*
구름은 사무치는 사연(辭緣)
산은 호수가 그리워 낙엽을 날려 보낸다
호수는 산이 그리워 구름을 품고 산다

주저앉은 낙엽은 작은 바람에도 화들짝 일어나
호수를 연민(憐憫) 하는데
햇살에 베인 구름은 일렁이는 물결 속에 쓰러져
차마 산을 보지 못한다

나란히 옆에 서서 평생을 살아도
다 전하지 못하는 눈물
낙엽은 쓰러진 설움을 가슴에 묻고
스치는 강물 따라 구름 손을 잡고 날아간다

---

* 끊이지 않는 소식

선유도

어서 오세요 시민 여러분
살랑살랑 불어오는 꽃바람 따라 걸어 보세요
한강에 잠겨 있는 노을도 보시고요
힘들면 선유정 들러 편히 쉬세요

이곳엔 신선이 놀던 선유봉이 있었답니다
개발의 열망이 충만했던 시절
봉우리 깎아 한강 제방 만들고
수돗물 정수장이 들어섰답니다

양화대교를 가로질러 초고속으로 발전하는 서울
그 속도를 견디지 못하고
결국 버려진 정수장
폐허의 섬

강물이 세월의 허리를 휘감고 흐르길 몇 해
폐허 위에 꽃씨 날아와 피고 지고
시멘트 건물도 다듬고 가꾸니
졸졸졸 도랑 물소리 정겨운 정원이 되었답니다

이제 선유봉 신선을 볼 수는 없어도
발전의 영예를 누릴 수는 없어도
외롭지도 부럽지도 않답니다
언제나 시민 여러분과 함께 있으니까요

절벽 위에 소나무

솔잎 사이로
바람 스치는 능선을 지키는
늘 푸른 생명의 기상

바위에 뿌리내리고
밤이슬에 목을 축이며
열사(熱砂)의 길을 의연하게 걸어온 삶

모든 계절의 삭풍을 견뎌보겠다며
선홍빛 살점을 도려내는
경박한 생이별의 의식을 자행해도

너는 눈 내린 동짓날
주저앉은 해를 일으켜 세워
희망을 말한다

고려산 연가

산새는 바다가 그리워
수평선 구름 위에 노을 집을 지었네
물새는 참꽃*을 연모해
산마루 나무 위에 바람 집을 지었네

"한 번만이라도 아주 짧은 순간만이라도 볼 수만 있
다면
　내 가슴에 남은 단 한마디는 사랑이라고 전해야 하
는데"

산과 바다의 경계에서
하염없이 마주 서서 바라만 보다가
그리움도 쓰러진 언덕
추억은 세월 스치는 불나방이었네

"잠시만이라도 정말 짧은 순간만이라도 만날 수만
있다면
　내 영혼에 남은 단 한 방울 사랑마저도 주어야 하는데"

---

* 진달래꽃

고려산 연가2

구름 속에 네가 있다
너를 찾아 빗속을 간다
너와 나의 연분홍 사연
꿈에 젖은 너의 얼굴
나는 기억한다
기다림은 그리움과 하나인 것을

긴 겨울 견디며 살 수 있었던 것은
삶의 저편에 네가 있기 때문이다
네가 있어 따뜻했고
네가 있어 행복했다
나는 안다
추억은 사랑과 하나인 것을

진정한 휴머니스트
– 우당 이회영

저동의 책장에서 만났습니다
명문 대가의 자손으로 태어났어도
스스로 모든 봉건적 인습과
계급적 구속을 벗어던지고
진정한 자유를 실천하신 참지식인을

뤼순의 감옥에서 헤어졌습니다
독립군 자금과
인재 양성에 평생을 바친 대가로
모진 고문과 협박을 받으면서
올곧게 신념을 지키며 옥사한 우국지사를

혹독한 겨울을 이겨내고 매화가 피는 것은
아무리 암울한 시대라도
여명을 밝히는 샛별 같은 사람이 있다면
꺼진 역사의 등불도
다시 켤 수 있다는 희망 때문입니다

한 인간의 삶의 보폭이
얼마나 위대하고
아름다울 수 있는지를 보여주셨습니다
임은 인류애로 충만한 세상을 소망했던
진정한 휴머니스트입니다

똥파리 낙원

맑은 봄빛 흐드러진 꽃밭에
파리 축제가 한창이다
누가 싼 똥 무덤인지
좋아라? 좋아라?
춤추는 똥파리들
신났다

삽을 들고 가서 구덩이를 파고
똥을 덮으려는데
차려놓은 밥상을 지키겠다고
똥파리들
떼 지어 달려든다
똥파리는 똥 무덤이 낙원인가 보다

제3부

삶을 위로하라

삶

  삶은 바다에 와서 위로받아야 한다 열심히 살아온 시
간만큼 날카롭게 각을 세운 삶에 평화를 주어야 한다
썰물에 가슴을 풀어헤치고 민낯을 그대로 보여주는 갯
벌 그리고 한 발짝 물러나서 때를 기다리는 바다처럼

  비워서 풍요로운 바다를 가슴에 담고 조금은 여유
롭게 가야 한다 내 한 몸 평안을 감당하기도 벅찬 세
상에서 힘들게 살아온 일상의 짐을 내려놓고 조금 더
너그럽게 가야 한다

  삶은 사랑을 만들며 살아가는 아름다운 길이리라
나를 사랑하고 이웃을 사랑하며 살아갈 수 있다면 늘
푸른 꿈이 흐르는 가슴으로 살아갈 수 있다면 큰 출세
를 하지 않아도 많은 돈을 벌지 않아도 꽃보다 아름다
운 삶을 살아가는 것이리라

삶은 다 경이롭다

비가 오는 날이면 강으로 가자
강물에 부서진 비의 조각을 주워보자

비는
누군가의 기다림이고 누군가의 그리움이다
누군가의 기쁨이고 누군가의 슬픔이다
누군가의 분노이고 누군가의 용서다
누군가의 희망이고 누군가의 절망이다
누군가의 땀이고 누군가의 눈물이다
누군가의 사연이고 누군가의 삶이다

삶을
어찌 다 말할 수 있으랴
강물에 흘려보내기도 해야지
어찌 다 생각할 수 있으랴
강물에 던져버리기도 해야지
어찌 다 기억할 수 있으랴
강물에 말끔히 씻기도 해야지

세월의 푸념만으로도 넘치고 쌓이는 삶이다
애쓰지 마라 삶은 다 경이롭다

삶을 위로하라

해변을 달리는 바람을 맞으며
삶은 푸른 바닷물에 눈을 씻고
흰 구름을 담는다
파도가 쓸어간 갯벌은
비우고 또 비우니 오히려 싱그럽다

바다 저편으로 떨어지는 해
하늘과 바다를 삼키며 노을을 펼치면
삶은 산봉우리에 걸터앉아
부은 다리를 주무르며
쉼터를 찾는다

그래, 우리도 우리들의 쉼터로 가자
가서, 떨어지는 해를 붙들고
지나온 일들을 토로하라
저 구름이 다 불타도록
삶을 위로하라

도봉산 등산기

이른 아침 만남의 광장은 북새통이다
코를 호객하는 향긋한 유혹
얼른 어묵 하나를 집어 든다
아, 이 맛 짱이야!
날씨도 짱!

신선대에 올라 가파르게 조여 오는 가슴을 풀고
그림엽서처럼 작은 서울을 본다
망월사 독경 소리 달려가는 길가에
봄빛 찾아오는 길목을 용케도 아는
생강나무 꽃이 피었다

그 노란 꽃망울이 얼마나 부러웠으면
성질 급한 진달래꽃 몇 송이
제철을 잊고 덩달아 피어 떨고 있다
어딜 가나 이런 생뚱맞은 녀석은 있는 법
그래서 세상이 재미있는 거다

늦은 오후
정복의 무용담이 휘청거리는 만남의 광장
삶은 홀로 발길질하며 출렁이는 잔처럼
채워지고 비워지는데
도시로 가는 열차는 늘 흔들렸다

어우러진 축제

봄꽃 흐드러진 서달산* 병풍 속 마을
봄바람 소식 들고 달려온 꽃구름이
연분홍 수양벚꽃 볼을 비비면

저마다 저린 사연 품고 사는 사람들
마냥 꽃이 좋아 찾아온 벗님들
멍석 깔아 놓았어요 어서 오세요

삶은 한 공간에서
죽은 자와 산 자의 어우러진 축제
역사는 그들이 전하는 축제 이야기

---

* 서울 동작동 서울국립현충원을 그믐달처럼 둘러싸고 있는 산

일상의 기쁨

같은 공간에서 늘 함께하는
그저 그런 날들
그 반복되는 삶이 실(實)한 생명을 키우는데
어찌 녹이 스는 무심한 세월이라 탓할 일인가

가끔은 축제의 열기에 취한 불꽃처럼
일탈의 설렘에 흔들려도
이 또한 일상의 터에 피는 기쁨일지니
그것이 얼마나 귀하고 벅찬 일인가

쉰 살에

쉰 살에 삶의 교훈 하나 얻었습니다

"급변하는 시대에 미래를 이어갈 사람은
계속 배우는 학습자입니다
배움을 끝낸 사람에게는
과거의 세계에서 살아갈 기술밖에 남아있지 않습니다"[*]

쉰 살에 삶의 지혜 하나 알았습니다

"일이 즐거울 때 인생은 낙원입니다
일이 의무일 때 인생은 지옥입니다"

지나간 세월과 기회가 아쉽긴 해도
이제라도 찾았으니 다행입니다

---

[*] Eric Hoffer, 『인간의 조건』에서 인용

두 개 더

삶의 무게를 다 짐 지지 못하고
이상의 풋대가 바람에 부대낄 때면
파도에 쓸려 간 마을 아일랜드로 간다네

바다 위에서
내가 무척 좋아하는 맥주 기네스
씁쓸한 삶을 마신다네

램프의 요정 지니가 첫 번째 소원을 물었다네
"마셔도 마셔도 비워지지 않는 맥주잔을 다오"
나의 맥주잔은 언제나 채워져 있었다네

짱 좋아진 기분으로 나머지 소원도 말했다네
"이거랑 똑같은 맥주잔 두 개 더"
삶은 내 잔과 똑같은 잔을 두 개 더 채워 가는 것

자화상

마음의 빗장을
너무 오래 닫아두어서
넘치는 기쁨 그대로 담지 못하는
비대칭 이지러진 얼굴이
낯설어 달아납니다

마음의 빗장을
너무 오래 걸어두어서
적시는 슬픔 그대로 말하지 못하는
앙다문 굳은 얼굴이
깜짝 놀라 돌아섭니다

바람처럼 스쳐 간 세월 앞에서
기쁨도 슬픔도 잊어버린
시린 삶의 흔적이 깊은 주름에 매달려
갈라진 거울 틈새를 비집고 나온
낯설고 창백한 얼굴

그리운 얼굴 너는 어딨니?

나무의 변(辯)

이 땅에 뿌리내려 꽃피운 것이
어찌 내 탓이던가
꽃구름
그늘 쉼터
낙엽 편지
눈꽃 사진
누구 하나 가려가며 주었던가

태초에 가이아*의 품에서 나와
바람이 전해준 이 땅에서 한세상 살고
몇몇 후손은 순풍에 맡겨
따뜻한 땅 추운 땅
고루 찾아 보냈는데
어찌 툭하면 남의 씨라고
헐뜯고 베어낸다 하는가

그대 또한 뜨는 해를 따라와
잠시 이 마을에 머물다 갈
유랑민의 후예가 아니던가
그대와 나

---

* 그리스 신화에 등장하는 땅의 여신으로 모든 생명체의 어머니를
  상징한다

걸어온 길 살아가는 모습은 달라도
함께 이 시공간을 지키는 생명인데
어우러진 삶을 축제하면 어떠한가

두물머리에서 3

하나 된 속 깊고 넓은 강물 위
쏟아지는 맑은 햇빛
반짝반짝 춤춘다

느티나무 꼭대기에 집을 지은 까치
평화롭게 두 강을 오가는데
두 강가 각자 핀 갈대는 야윈 목을 떨구고

얼음에 묶여있는 나룻배
쓸쓸함만 가득 싣고
그리움에 몸져누웠다

두물경 두 소나무 나란히 서서
얼어붙은 두 강을 바라보는
시리고 아픈 푸른 눈

두물머리에서 4

햇빛 쏟아지는 양수역에서
한바탕 스쳐간 라이딩 무리를 멍하니 바라보다가
물래길* 따라 걸어갑니다
눈 한 번 깜빡이면 벌써 저만치 달려가 있는
세월이란 친구를 놓치지 않고 함께 가려면
저렇게 악착같이 페달을 밟아야만 하나요

물과 꽃의 정원 세미원을 돌아 배다리 건너
뚜벅뚜벅 걸어가는 두물머리
수백 년 고목에도 새순은 피는데
기운차게 달려온 푸른 두 강물
잠시 숨 고르는 팔당호 맑은 길을
그저 보이는 대로 보며 걸어가면 안 되나요

'물을 보며 마음을 씻고
꽃을 보며 마음을 아름답게 하라'**는데

---

* 두물머리 둘레길
** 세미원 세심로 비석의 글 인용

검지손가락

이른 봄 짧은 해가 서성이는 천황봉*은 핏빛이다
술에 쓰러진 한량(閑良)의 가벼운 양복에 얼룩진
핏빛이다
허기진 소 혓바닥에 맺힌 핏빛이다
작두에 잘려 나간 여물 속에서 흘리는
검지손가락의 서러운 핏빛이다

"할머니 여기 손가락 왜 없어?"
"우리 예쁜 손녀 달라고 까치에게 주었지"

수통골 계곡**처럼 메마른 손을
아랫목 이불 속에 넣고 환하게 웃는 엄마

"까치야 우리 할머니 손가락 내놔"
"까치야 까치야 우리 할머니 손가락 내놔"

엄마의 검지손가락을 만지작거리는
내 추억의 뒤통수는 여전히 핏빛이다

---

* 계룡산의 주봉이다
** 계룡산 금수봉과 빈계산을 경계로 흐르는 계곡으로 건천(乾川)이다.

가을비 내리는 호수

수직으로 내리꽂는 정오의 햇살을 등지고
수양버들 한들한들 잔을 저으면
빨간 단풍잎 하나 물고 온 까치와
가을을 나누어 마셨다

그렇게 의자에 앉아
마시고 마셔도 비워지지 않는 잔에
채우고 채워도 채워지지 않는 잔에
가을을 남겨두었다

툭툭 투덕투덕
갈잎을 때리는 도토리 소리는
동그란 파열음으로 부서져 잔을 흔들고
화들짝 놀라 떠난 가을

까치도 나도 지켜만 보는
외로운 잔 위로
번뇌의 칼날을 번쩍이며 하늘이 운다
가을이 없다

십일월의 추억

떠나는 너를 막을 수는 없어도
그리움마저 그냥 보낼 수는 없기에
빨간 단풍잎 하나
십일월의 책갈피에 담아 두었습니다

네가 보고 싶을 때면
십일월의 책장을 펼쳐 보면서
아직도 뜨겁게 불타는 사연들을
빼곡히 적고 또 지우곤 합니다

떠나는 너를 잡을 수는 없어도
추억이 이토록 뜨거운데
어찌 떠나는 것이 다 이별일 수 있을까요
십일월의 거리를 함께 걸어가는데

시산제 보이콧하면

우수 지난 능선은 그리움에 젖고
푸른 솔잎 사이로 봄빛 날아와
산으로 오라 하는데

긴긴 동면에 취한 산신 기지개 켜니
신령한 기운이 춤추는 발걸음
흥겹기만 한데

인간아 어찌 산길에 와서조차
미세먼지 잔뜩 찌든
정치 타령 돈 자랑인가

깊은 산 은둔 신령 골치 아파서
시산제 보이콧하면
올 한 해 무사 산행 어쩌라고

검봉산 고사목 어깨 위로

검봉산 마루 위에 두둥실 걸터앉은 흰 구름아
내가 간다고 마중까지 나온 거냐
팔월 폭염에 찾아오는 이 없어
몹시 외로웠구나
기다려라 느린 내 발길 탓일랑 말고

잣나무 참나무 올곧은 오솔길로
살랑살랑 바람 불어와 땀을 닦아주고
매미소리 새소리 적적함을 달래주는데
솔잎 사이로
생명의 환희가 쏟아진다

세월을 잊고
스스로 자연이 된 고사목 어깨 위로
세차게 떨어지는 불빛 사연들
천년만년 모아 담은 삶의 진실은
정상에서 오히려 소박하고 겸손하다

변화라는 조화

어제의 길이 오늘의 길이 아니듯이
어제의 만물이 오늘의 만물이 아니다
변하고 변하는 게 세상이다

어제의 내가 오늘의 내가 아니듯이
어제의 그도 오늘의 그가 아니다
변하고 변하는 게 사람이다

어찌 어제의 나와 그의 모습으로
사람을 함부로 재단하여 고정시키는
우(愚)를 범(犯)할 일인가

변화라는 조화를 받아들이자
그것이 어울려 살아가는 희망이라는 판도라에
여전히 남아있는 믿음일 수 있겠다

봄빛이 전하는 말

삶의 시공간은 추억의 연결다리다
추억이 있기에 삶이 따뜻하고
기쁨도 슬픔도 아름다운 사랑으로 남는다
산다는 것은 추억을 찾아가는 여정이다

추억은 공간을 확대하고 시간을 연장한다
우리가 알고 있는 신화와 역사는
추억의 확대와 연장이 만든 추상화된 이야기다
결국 우리는 추억의 세상에서 추억으로 산다

삶이 풍요롭다는 것은 쌓은 추억이 많다는 것이다
좋은 추억을 만들고 소중하게 간직하며 살자
그게 삶이고 살아가는 이유이고 가치라고
봄빛이 전하고 있잖아

단풍나무 새순은 여전히 붉다

자기주장이 있는 거야
다 연초록 옷을 입는다고
근본을 바꿔 입을 수는 없는 거야
제 몸에 맞는 옷을 입을 때가
가장 멋진 거야
지금 이 모습으로
당당하게 사는 거야

모진 바람 불어와도
한바탕 스쳐 가는 손짓일 뿐
해맑게 웃어넘기고
툭툭 털고 일어나
지금 이 모습으로
기분 좋게 사는 거야

단풍나무 새순은 여전히 붉다

제4부

내가 갈 길

길 27

장마가 그쳤다
파란 유리창에 그리는 하늘

토실토실 흰 구름 걸터앉아
잠시 쉬어 가는 산마루

바람이 스치듯 문을 열면
쏟아지는 맑고 깨끗한 햇빛

벌떡 일어서는 가슴에
오래 품은 새길 하나 펼친다

낯설고 궁금한
내가 갈 길

길 28

지금 걷는 이 길이
멀고 지루할지라도
바람은 불어와
땀을 닦아주고
토실토실 흰 구름이
친구가 되어준다

삶의 어느 지점에서
환희를 맛볼 수도 있겠지만
그런 행운은 늘 있는 것이 아니니
지금 걷는 이 길에서
일상의 소소한 행복을 찾아
함께 나눌 일이다

길 29

한 터널 지나
또 한 터널 바람처럼 스치면

또 다른 세상의 문이 열리고
낯선 길 위에 낯선 내가 있다

삶은
늘 신비로운 비경이다

길 30

마석역 1번 출구 앞 버스정거장
1시간 간격으로 운행하는
축령산(祝靈山) 가는 유일한 버스
30-4번을 기다린다
지루한 기다림
그게 여행이다
삶도 그러하다

마석 읍내를 꾸물꾸물 돌다가
맑은 햇빛 쏟아지는 비룡로를
거침없이 달리는 버스
낯선 풍경 속으로 빠져든다
즐거운 호기심
그게 여행의 참맛이다
삶의 참맛도 그러하다

길 31

산길을 걷는 데는 그대가 가져온 반짝이는 명함이
도움이 되지 않습니다
산길을 걷는 사람은 그대가 앞질러 가든 뒤처져 오
든 관심이 없습니다
산길은 그저 제 몸에 맞는 보폭으로 걸어갈 뿐입니다

산길을 걷는 데는 그대가 들고 온 황금빛 지폐가 쓸
모가 없습니다
산길을 걷는 사람은 그대의 지갑이 두툼하든 비어
있든 관심이 없습니다
산길은 그저 목을 축이고 허기를 채워줄 물과 밥이
면 족할 뿐입니다

정상에 올라 너도 나도 지고 온 짐을 풀고 지나온
길을 돌아봅니다
각자 걸어온 길은 달라도 바라보는 방향과 시야는
차이가 없습니다
우리는 산길을 걷는 것처럼 살아갈 뿐입니다

길 32

아무리 채워도 채워지지 않는
그게 있어 그걸 몰라

아무리 바라보아도 보지 못하는
그게 있어 그걸 몰라

평생을 살아도 알지 못하는
그게 있어 그걸 몰라

그걸 모르고 살 수도 있지만
그래도 찾아는 봐야지

낯선 곳에서 나를 만나는 것
삶은 그걸 찾아가는 끝없는 길인지도 몰라

길 33

삶과 꿈 사이에서 강이 흐르고
나는 여기 이 길을 걷고
너는 저편 저 길을 걷는다
나는 이 강을 건너지 못하고
강물에 비친 너의 그림자를 그리워한다

에덴동산을 멀리 떠나온 우리는
늘 불안하고 두려웠다
너와 함께할 용기도 의지도 소진한 채
너를 떠났고 너를 보냈다
너를 향한 연정은 비겁한 변명이었다

격렬하게 부딪치는 강을 거슬러 오르면
너를 찾을 수 있을까
그때까지 기다려 줄까
다시 만난 너를 품고
영원할 수 있을까

길 34

길을 혼자 걷기도 하고 함께 걷기도 한다 혼자 걷는
길은 함께 걷는 길로 이어진 소중한 길이다 그 반대도
마찬가지다 삶에 단절이 없듯이 혼자건 함께건 행복하
게 걷자

삶의 가치와 행복은 사랑에서 나오며 사랑의 꽃은
좋아해야 핀다 내가 먼저 좋아해야 즐겁고 사랑의 온
기가 새순으로 돋아난다 그러니 어찌 좋아하고 사랑하
는 데 인색할 수 있으리오

삶이 가치 있고 행복하려면 먼저 좋아하고 사랑해
야 한다 좋아하고 사랑하는 일은 먼저 스스로 하는 것
이지 받고 주는 거래가 아니기 때문이다

길 35

같은 길을 간다고 함께 가는 게 아닙니다
함께 간다는 것은 한마음이 된다는 것입니다

함께 간다고 좋은 인연이 만들어지는 게 아닙니다
좋은 인연은 함께 만들어가는 것입니다

한마음이 되어 함께 만들어가는 좋은 인연은
삶의 꽃밭에서 피어나는 행복입니다

길 36

세상사 보는 눈은
천 갈래 만 갈래
다 내 눈 같지 않고
다 내 맘 같지 않다

초상집 대청마루에선
슬픔이 밤을 새우는데
마당 한편에선
윷판 돌리며 밤을 새운다

부정의 눈으로 보면
세상은 한없이 부조리하고
긍정의 눈으로 보면
그래도 살 만한 곳

길 37

길에
생명과 삶이 있다
신화와 역사가 있다

나는
그저 걸어가는 길 위에서
길이 전하는 말을 보고 듣는다

내게 무슨 재능이 있다고
시인이란 이름으로
시를 짓겠는가

잊힌 기억은 추억할 수 없기에
받아쓴 찰나(刹那)의 소리를 더듬는
서툰 길손이다

길 38

삶은 걷기와 같다
특정 장비가 없어도
매일 어디서나 누구와도
어울려 할 수 있는 운동이다

삶은 걷기와 같다
스치는 풍경이 전해주는 즐거움과 느낌
보고 생각하고 이야기하며
느리게 걸어가는 여행이다

조급함을 버리고 꾸준히 걷자
빨리 가는 길에서는
놓치는 게 많으니
조금 느리더라도 걸어서 가자

길 39

태산에 걸려 넘어지는 사람은 없지
길 위에 난 작은 돌부리에 넘어지는 거라네

먼 산 큰 바위가 힘들게 하지는 않지
신발 속 모래 한 알에 발이 아픈 거라네

그림 속 꽃에 나비가 찾아오지는 않지
나비를 부르는 건 들에 핀 꽃이라네

한강의 물이 타는 목마름을 덜어주지는 않지
갈증을 푸는 건 수통에 남은 한 모금 물이라네

내일의 무지개가 더 좋은 삶을 주지는 않지
참된 삶은 오늘 지금 땀 흘려 사는 거라네

비관적 부정적 생각이 행복을 주지는 않지
행복은 긍정의 눈빛에 기쁨 담아 사는 거라네

꿈과 목표가 없이 성공하는 법은 없지
성공은 꿈과 희망의 품에서 나온 별이라네

길 40

고개는 지름길이었다
마을과 마을을 이어주는 통로였다
삶과 문화가 넘나드는 길목이었다
군사전략적 요충지이기도 했다
그래서 얽히고설킨 사연이 참 많은 길이었다

산을 깎고 터널이 뚫린 지금
고개는 삶의 뒷길로 밀려나
손님처럼 찾아오는 행인을 맞이하고 있지만
여전히 새로운 삶의 추억은 쌓이고
나도 낯선 길손이 되어 고개를 넘는다

길 41

봄은 아카시아꽃 터널로 오고
여름은 솔향 그윽한 잣나무 그늘을 펼친다
가을은 메타세쿼이아 불타는 시를 쓰고
겨울은 시린 가슴에 봉화로를 피운다

바람이 후드득 떨어지는 가을날
건강한 알몸을 들킨 삐죽 바위*는
홍엽(紅葉)을 붙잡고 바람의 뒤태를 바라보는데
무심한 사람들은 제 갈 길만 바쁘다

서운해하지 마라 걱정하지 마라
삶을 포박하는 한파가 올지라도
혼자 걸으면 사색의 길이 되고
여럿이 걸으면 이야기 길이 된다

길마다 의미를 찾으려는 조바심의 상흔(傷痕)은
기억의 오선지에 아픈 노래를 그릴 뿐이니
보이는 대로 보고
들리는 대로 들으며 가자

---

*서울 안산의 남근석에 붙인 이름

길 42

열차가 종점에 도착했다
내려놓은 배낭을 다시 들고
서둘러 출입구를 빠져나온다

종점에 서서
하늘을 본다 시리도록 파랗다
산을 본다 숨이 가쁘도록 푸르다

종점에서는 처음 보는 사람과도 친구가 된다
더 이상 물러설 곳이 없기에
더 이상 친구가 되어 줄 사람도 없기에

종점에 선다는 것은
맑고 푸른 길을 갈 준비가 되어 있다는 거다
새로운 이정표 앞에서 바람이 되어 있다는 거다

길 43

의암호 푸른 물 눈에 담으며
정 깊은 벗들과 먹는 점심
닭갈비+우동사리+볶음밥

삶의 길도 이렇게
맛나게 볶아
넉넉하게 더하면 좋으련만

미처 떠나지 않은 한낮의 폭염이
가을의 문턱에 버티고 서서
고속도로를 막고

초조한 삶의 바퀴를
잡았다 풀어줬다 하는데
그래도 열쇠는 내 손에 있다

제4부 내가 갈 길

길 44

쌓인 애증 쓸어낸 가슴에
솔잎 사이로 작은 문을 밀고 오는
싱그러운 햇빛만 받아
각진 비탈길에서도 지치지 않는
달콤한 봄빛 손잡고
함께 걷는 길벗 있으니
다 좋을시구!

길 45

목적지에 얼마나 빨리 가느냐는 중요하지 않아
목적지를 제대로 알고 가는 것이 중요해
우리의 목적지는 어디일까
삶은 그것을 찾아가는 여정이야

길 46

동지섣달 나목(裸木)에 붙어있는 마른 잎 하나
싸늘한 비수가 되어 가슴을 찌르고
소양호를 가르며 떠나가는 배
콜록콜록

비워야 다시 채울 수 있고
버려야 다시 얻을 수 있는 것을
수없이 깨닫고 확인했건만
달콤한 허명에 취해 때를 잃고 말았구나

다시 시작하는 거야
기름때 잔뜩 낀 가슴을 풀고
깨끗한 윤슬로 다듬은 심안(心眼)을 찾아
순결한 세상으로 가자

제4부 내가 갈 길

자연주의적 생명예찬론

- 차용국 시인의 제2시집 『삶은 다 경이롭다』를 말하다

시인, 은산 고성현

삶을 경이롭게 보고 경이롭게 대하는 사람의 삶은 다 경이롭습니다. 차용국 시인은 모든 사물과 생명을 경이롭게 보고 경이롭게 대하고 경이롭게 해석하고 경이롭게 시로 옮기는 참으로 경이로운 작가입니다. 그런 경이로운 시인의 시를 보고 읽는다는 것은 경이로운 행복이 아닐 수 없습니다.

차용국 시인의 시를 대하면 이내 시인이 표현하는 자연과 사물에 빨려 들어가 시인과 하나가 됩니다. 있는 그대로의 묘사와 약간 투박한 듯한 은유적 표현은 오히려 독자의 이해를 돕고 생동감을 살려내는 시인만의 비밀병기로 생각됩니다. 시인의 직설적이고 사실적인 표현은 시인이 시를 지었던 상황과 장면으로 자연스럽게 안내해 주는 설명의 효과로 작용합니다. 거침없이 자연에 다가가 만나는 사물과 생명마다 기쁨으로 반겨주고 안아주며 일치해 가는 시인의 영혼은 분명 자연 숭배자라는 확신이 들 정도로 자연친화적이고 절대적인 자연주의 시인입니다.

　또한 시마다 생명예찬이 끊이지 않고 이어집니다. 시인 자신을 포함한 이웃과 시대와 세상을 아우르는 깊고 진한 사랑과 차용국 시인 특유의 사실적 은유기법을 바탕으로 다양한 방식의 시적 전개가 형성되는 것입니다. 차용국 시인의 시를 읽다 보면 나도 모르게 시에 몰입되어 시인의 마음으로 시를 마주하게 됩니다. 이는 시인만이 지닌 특유의 문체와 작법의 매력이라고 확신합니다. 이는 시인의 일상이 그렇게 편안하고 가식이 없는 정결하고 정제된 삶이라는 반증이 아닐까 합니다.

　차용국 시인의 시에는 공직생활 30년이라는 애정과 애환이 때로는 강하고 때로는 부드러운 방식으로 반복됩니다. 오랜 세월 동안 공직자로서 느끼고 다짐하고 실행해 왔던 삶의 궤적이 오롯이 드러나고 펼쳐집니다. 시인의 뚜렷하고 강직한 삶의 철학과 국가관까지 시인의 눈으로 정확히 꿰뚫어 보고 시인의 관점으로 반듯하게 해석합니다. '진정한 휴머니스트 − 우당 이회영'을 보면 시인의 그러한 의식과 마음을 찾아볼 수 있습니다.

　저동의 책장에서 만났습니다
　명문 대가의 자손으로 태어났어도

해설　　　　　　　　　　　　　　　　　　113

스스로 모든 봉건적 인습과
계급적 구속을 벗어던지고
진정한 자유를 실천하신 참지식인을

뤼순의 감옥에서 헤어졌습니다
독립군 자금과
인재 양성에 평생을 바친 대가로
모진 고문과 협박을 받으면서
올곧게 신념을 지키며 옥사한 우국지사를

혹독한 겨울을 이겨내고 매화가 피는 것은
아무리 암울한 시대라도
여명을 밝히는 샛별 같은 사람이 있다면
꺼진 역사의 등불도
다시 켤 수 있다는 희망 때문입니다

한 인간의 삶의 보폭이
얼마나 위대하고
아름다울 수 있는지를 보여주셨습니다
임은 인류애로 충만한 세상을 소망했던
진정한 휴머니스트입니다

「진정한 휴머니스트─우당 이회영」 전문

시인은 계속해서 시인만의 기법으로 자신의 삶을
표현하며 세세하게 들려줍니다. 시인의 시 속에는 시

인이 살아오며 체득했던 수많은 희로애락을 시인의 감성으로 새롭게 해석하고 정리하는 통찰의 신념이 넘쳐납니다. 투철한 직업정신과 자기 신념은 '길'이라는 시어를 통하여 결심과 실행을 반복합니다. 스스로 고뇌하고 스스로 교정하며 스스로 결론짓는 숱한 과정 속에서 또다시 스스로 길을 만들어가는 선순환의 구조는 아름다움을 넘어 신비로움마저 느끼게 합니다.

이번 시집 『삶은 다 경이롭다』는 시인의 30년 공직의 신념이 녹아들어 있는 공직자의 대국민보고서 같은 소명이 어려있으며, 전문작가로서의 길을 당당하게 걸어가겠다고 다짐하는 시인 자신의 선언문과도 같습니다. 또한 독자들에게는 정말 괜찮은 시인의 등장을 알리는 포고문 같은 의미가 있으며, 한 편 한 편이 감동이 물씬한 주옥 같은 글이기에 차용국 바라기가 늘어나는 전환점이 될 것입니다.

제1부 담쟁이 날개를 펴다

시집의 첫 시는 '담쟁이 날개를 펴다'로 시작합니다.

더디긴 해도
걸어온 만큼 푸르고
걸어갈 만큼 푸름이 더해지니

내가 어디쯤 왔는지
알 수도 없거니와
설사 안들 무엇하리

지금 어디에 있건
삶이 즐거우면 행복한 것
아, 이건 단순한 진리라네

후드득 비를 털고 일어서는
담쟁이
푸른 날개를 편다

「담쟁이 날개를 펴다」 전문

시인은 첫 시부터 담쟁이와 자신을 일치시키며, 삶을 관조하며, 시인만의 기발한 발상으로 세상을 해석하고 자신을 돌아봅니다. 1연의 '더디긴 해도 걸어온 만큼 푸르고 걸어갈 만큼 푸름이 더해지니'는 시인 자신의 살아온 삶과 살아갈 삶을 바라보는 시인의 진솔한 철학을 엿볼 수 있습니다. 2연의 '내가 어디쯤 왔는지 알 수도 없거니와 설사 안들 무엇하리'는 현실에 급급해하지 않는 시인의 여유와 물질적인 가치를 거부하는 시인만의 강렬한 언어 구사법이기도 합니다. 3연의 '지금 어디에 있건 삶이 즐거우면 행복한 것 아, 이건 단순한 진리라네'는 권력과 부에 집착하며 아등바등 살아가는 현대인에게 오늘에 최선을 다하면서 서로 사랑으로 행복을 일구자는 시인의 뼈 있는 외침이자 간절한 주장이 배어있습니다. 마지막 연의 '후드득 비를 털고 일어서는 담쟁이 푸른 날개를 편다'는 일상의 작은 시련이나 아픔을 과감하게 털고 일어나 자기 자리를 지키고 자기의 꿈을 키워가자는 시인만의 차별화된 고급스러운 은유로 해석됩니다.

서울의 해는
강에서 떠올라 강으로 진다

강물에 노을을 깔고
강과 해는 나란히 앉아
걸어온 길을 이야기한다

매일매일 같은 길을 걸어도
자꾸자꾸 할 말이 많단다

일상의 반복 같은 날들이라고
어찌 날마다 할 얘기가 없겠는가

오늘 이 길에서 추억 하나 놓았으니
내일은 또 어떤 일이 더해질까

살아간다는 것은
언제나 새로움의 여정

궁금하고 설레는 기다림

「서울의 해」 전문

'서울의 해'에서는 한강과 서울을 대비하여 매일 똑같은 일상 속에서도 새로움을 발견하고 새로움을 세워가는 시인의 삶의 철학이 여실히 드러납니다. 이 시에서는 각박한 생활에 찌든 도시인을 향하여 스스로 삶의 희망을 찾아내고 이웃에게 희망이 되어주라는 시인의 강렬한 외침이 고스란히 드러납니다. 같은 길 같은 일의 반복이라고 할지라도 산다는 것은 늘 새로운 설렘이며 아름다운 여정이기에 사랑으로 임하고 사랑을 전하라는 시인의 철학이 깊게 스며있는 대목입니다.

떨어진 낙엽이 흙이 되고

그 위에 또 낙엽이 쌓여

영겁의 시간이 숨 쉬는 숲길

우리 산행을 할 때에는

각박함도 야박함도 버리고 가자

올곧은 잣나무 진한 솔향이

콧등을 뜨겁게 스칠 때면

바람도 나도 어느새 산이 되는 것을

우리 산행을 할 때에는

맑은 가슴으로 경건하게 가자

「산행을 할 때에는」 전문

'산행을 할 때에는'을 보면 시인의 세상에 대한 뜨거운 열정을 더 깊이 느낄 수 있습니다. 세상살이와 산행을 대비시켜 수억 겁을 관통하는 자연처럼 불필요한 욕심과 물질적 만족과 쾌락을 과감하게 벗어버리고, 자연처럼 순리를 따라 살자는 시인 특유의 은유가 빛나는 대목입니다. 2연의 한 구절인 '우리 산행을 할 때에는 맑은 가슴으로 경건하게 가자'는 산행과 삶을 일치시키며, 맑은 영혼 맑은 가슴으로 사람답게 살아가자는 세상을 향한 시인의 뜨거운 열망을 느낄 수 있는 참 좋은 표현입니다.

제2부 주상절리에서 피는 꽃

흙인지 바위인지
애매한 경계

주상절리에서
꽃이 핀다

그 꽃의 생태를
해석하고 설명하려고 애쓰지 마라

꽃의 소리를 보고 들어라
그게 시다

「주상절리에서 피는 꽃」 전문

'주상절리에서 피는 꽃'에서는 자연을 자연 그 자체로 보고 듣고, 있는 그대로를 바라볼 때가 가장 아름답다는 시인의 자연관을 엿볼 수 있을 뿐만 아니라, 자연의 사물과 생명 하나하나를 한 편의 아름다운 시어로 승화시키는 시인의 차원 높은 가치관을 만나게 됩니다. 자연을 굳이 해석하려고 애쓰지 말라는 표현은 경관과 인간의 편리를 위해 무차별적인 개발로 자연을 훼손하는 인간의 교만과 무지를 꾸짖고 고발하는 작가의 심오한 외침이 절절하게 배인 참으로 고급스러운 품격 넘치는 표현입니다. '꽃의 소리를 보고 들어라 그게 시다'라는 단 두 줄의 표현 속에 자연을 자연답게 해석하고, 자연을 대하는 인간의 겸허함과 올바른 태도를 제시해 주는 시인의 탁월한 예지력이 빛을 발하는 아름다운 서술입니다.

애초에 너는 속살이 뽀얗고 척추가 곧았다
몇 달은 구름의 장벽에 부딪치고
몇 해는 열병의 고통에 맞서기도 했다
그렇게 넘어온 세월의 문
의자는 삐딱했다
질풍노도의 주체할 수 없는 체중을
한쪽으로만 쏟아냈다는 증거다
한쪽으로 쏠린 체중을
다른 쪽으로 이동시키는 것
그래야 똑바로 설 수 있다는 것

그 깨달음은 기다림

「의자」 전문

'의자'에서는 사물의 의인화를 통해서 시인의 삶과 철학을 시인답게 구사하고 있습니다. 시인은 사회와 정치 현실까지 염두에 두고 나라와 시대의 조화로운 평화를 염원하고 있습니다. 치우치지 말고 쏠리지 말고 균형과 조화로 사람이 행복한 세상을 만들자는 시인의 외침에 절로 숙연해지는 멋진 대목입니다.

제3부 삶을 위로하라

제3부의 '삶을 위로하라'는 자연이든 사람이든 삶을 누리는 모든 삶은 마땅하게 위로받고 위로해야 한다는 시인의 관계 철학과 존재 철학이 선명하게 드러나는 부분으로 볼 수 있습니다.

비가 오는 날이면 강으로 가자
강물에 부서진 비의 조각을 주워보자

비는
누군가의 기다림이고 누군가의 그리움이다
누군가의 기쁨이고 누군가의 슬픔이다

누군가의 분노이고 누군가의 용서다

누군가의 희망이고 누군가의 절망이다

누군가의 땀이고 누군가의 눈물이다

누군가의 사연이고 누군가의 삶이다

삶을

어찌 다 말할 수 있으랴

강물에 흘려보내기도 해야지

어찌 다 생각할 수 있으랴

강물에 던져버리기도 해야지

어찌 다 기억할 수 있으랴

강물에 말끔히 씻기도 해야지

세월의 푸념만으로도 넘치고 쌓이는 삶이다

애쓰지 마라 삶은 다 경이롭다

「삶은 다 경이롭다」 전문

그렇습니다. 살아있는 것은 다 아프기 쉽고 다치기
쉽습니다. 그래서 위로가 필요하고 생명들끼리 사람들
끼리 끊임없이 위로받고 응당 위로해야 합니다. 그래
서 우리 모두 시인의 외침에 귀 기울여야 합니다. 세
찬 비가 내리듯이 번뇌가 쏟아지고 고난이 밀려오면,
자연을 찾아가 자연과 대화하며 스스로 위안을 받고
스스로 삶의 지혜를 찾는 시인의 삶이 고스란히 표현
된 아름다운 고백입니다. 시인은 이 시에서 글을 읽는

독자에게 자연 속에서 자연의 이치에 따라 자연처럼 살라는 외침을 전하고 있습니다. 사람은 누구나 일생 동안 희로애락을 반복하며 자기만의 방식으로 살아가지만 그러한 삶이 다 경이롭다는 시인의 말에서는 자기의 삶을 스스로 폄훼하고 업신여기며 살아가는 사람이 많은 현실에 비추었을 때 감사의 인사를 전하고 싶을 만큼이나 감동하게 됩니다. '세월의 푸념만으로도 넘치고 쌓이는 삶이다 애쓰지 마라 삶은 다 경이롭다'는 시인의 말에서는 억지로 살지 않겠다는 굳은 결심을 떠올리게 됩니다. 그렇습니다. 억지와 허위로 꾸며대는 삶은 진실할 리도 행복할 리도 없습니다. 시인의 간곡한 명령을 받들어 자연의 일부로 있는 그대로의 삶과 주어진 그대로에 순응하면서 살아가야겠습니다.

마음의 빗장을
너무 오래 닫아두어서
넘치는 기쁨 그대로 담지 못하는
비대칭 이지러진 얼굴이
낯설어 달아납니다

마음의 빗장을
너무 오래 걸어두어서
적시는 슬픔 그대로 말하지 못하는
앙다문 굳은 얼굴이
깜짝 놀라 돌아섭니다

바람처럼 스쳐 간 세월 앞에서

기쁨도 슬픔도 잊어버린

시린 삶의 흔적이 깊은 주름에 매달려

갈라진 거울 틈새를 비집고 나온

낯설고 창백한 얼굴

그리운 얼굴 너는 어딨니?

「자화상」 전문

시인의 또 다른 시 '자화상'에서도 허위로 꾸며진 현대사회와 현대인의 삶을 자신의 얼굴에 대비하여 깊은 반성을 통하여 신랄하게 꾸짖고 야단을 칩니다. 마음을 열고 순수 자연의 눈으로 세상과 이웃을 바라보며 따뜻한 미소를 머금은 얼굴로 살아가자고 독자들의 가슴에 사랑이라는 큰 시어를 새겨놓는 시인의 은유가 참 대단하고 아름답다는 생각입니다.

제4부 내가 갈 길

제4부에서는 차용국 시인의 첫 시집인 『삶의 빛을 찾아』의 제5부 '황금 보석을 줍는 길'과 연결된 '길' 시리즈의 시가 이어지며, '길 27'부터 '길 46'까지 수록되어 있습니다.

사람은 누구나 자기의 길이 있고 각자의 방식으로 길에 임하고 각자의 속도로 길을 걸어갑니다. 또한 모두가 새로운 길을 갈구하고 꿈꾸며 자기의 길에서 더 큰 보람과 행복을 성취하기를 소망합니다. 시인은 '길'이라는 짧고 긴 화두를 통해 자신의 삶을 끊임없이 돌아보고 되새기며 삶의 열정을 불태워 갑니다. 시인은 주말마다 휴일마다 틈이 나는 대로 산길 강길 바닷길을 가리지 않고 길을 찾아 걷고 또 걸으면서 자연에 심취하며 자연과 일체가 됩니다. 그리고 그 느낌과 생각을 빠뜨리지 않고 글로 옮기는 대단한 길 예찬론자이자 길을 노래하는 길의 시인입니다.

장마가 그쳤다
파란 유리창에 그리는 하늘

토실토실 흰 구름 걸터앉아
잠시 쉬어 가는 산마루

바람이 스치듯 문을 열면
쏟아지는 맑고 깨끗한 햇빛

벌떡 일어서는 가슴에
오래 품은 새길 하나 펼친다

낯설고 궁금한

내가 갈 길

「길 27」 전문

「길 27」에서 장마와 파란 유리창에 그리는 하늘을 대비시켜 힘겨운 일상과 그 힘겨운 일상에서 꿈을 꾸는 시인의 맑은 마음을 비유하여 '바람이 스치듯 문을 열면 쏟아지는 맑고 깨끗한 햇빛'이라는 표현으로 삶이라는 길 위에서 스스로 답을 찾아 햇빛처럼 맑고 깨끗해진 시인의 마음을 평범하면서도 비범하게 표현합니다. 다음에 이어지는 '벌떡 일어서는 가슴에 오래 품은 새길 하나 펼친다 낯설고 궁금한 내가 갈 길'에서 시인 자신이 걸어갈 길에 대한 설렘과 다짐을 엿볼 수 있고 강한 긍정의 에너지로 길에 임하고 있는 시인의 성향이 나타납니다.

길을 혼자 걷기도 하고 함께 걷기도 한다 혼자 걷는 길은 함께 걷는 길로 이어진 소중한 길이다 그 반대도 마찬가지다 삶에 단절이 없듯이 혼자건 함께건 행복하게 걷자

삶의 가치와 행복은 사랑에서 나오며 사랑의 꽃은 좋아해야 핀다 내가 먼저 좋아해야 즐겁고 사랑의 온기가 새순으로 돋아난다 그러니 어찌 좋아하고 사랑하는 데 인색할 수 있으리오

삶이 가치 있고 행복하려면 먼저 좋아하고 사랑해야 한다 좋

아하고 사랑하는 일은 먼저 스스로 하는 것이지 받고 주는 거래
가 아니기 때문이다

「길 34」 전문

「길 34」를 보면 길에 대한 냉철하면서도 따뜻한 시
인의 철학이 길을 넘어 삶까지 아우릅니다. 혼자 가는
길이건 남과 함께 걷는 길이건 모든 길은 다 소중하고
아름다운 길이니 행복하게 임하고 행복하게 걷자고 간
절하게 요청하고 있습니다. '삶의 가치와 행복은 사랑
에서 나오며 사랑의 꽃은 좋아해야 핀다 내가 먼저 좋
아해야 즐겁고 사랑의 온기가 새순으로 돋아난다 그
러니 어찌 좋아하고 사랑하는 데 인색할 수 있으리오'
의 표현에서는 더욱 노골적이고 직설적으로 사랑하자
고 말합니다. 사랑에 인색하지 말고 사랑으로 세상의
모든 행복을 일구자고 권장합니다. '삶이 가치 있고 행
복하려면 먼저 좋아하고 사랑해야 한다 좋아하고 사랑
하는 일은 먼저 스스로 하는 것이지 받고 주는 거래가
아니기 때문이다'에서는 아예 대놓고 먼저 사랑하자고
말합니다. 조건 없는 무한한 사랑만이 삶의 가치를 실
현시켜 주고 행복을 보장해 주는 유일한 해결책이라고
주장하며 사랑은 거래의 대상이 아니라는 일침으로 독
자의 감정을 쥐락펴락합니다.

　세상사 보는 눈은

천 갈래 만 갈래
다 내 눈 같지 않고
다 내 맘 같지 않다

초상집 대청마루에선
슬픔이 밤을 새우는데
마당 한편에선
윷판 돌리며 밤을 새운다

부정의 눈으로 보면
세상은 한없이 부조리하고
긍정의 눈으로 보면
그래도 살 만한 곳

「길 36」 전문

「길 36」에서도 긍정의 사랑과 긍정의 에너지로 불합리하고 잘못된 타인의 행동까지도 이해와 용서로 살아가자고 주장하고 있습니다. 그리하여 사람이 살 만한 그런 아름다운 시대를 만들자고 호소합니다.

동지섣달 나목(裸木)에 붙어있는 마른 잎 하나
싸늘한 비수가 되어 가슴을 찌르고
소양호를 가르며 떠나가는 배
콜록콜록

비워야 다시 채울 수 있고

버려야 다시 얻을 수 있는 것을

수없이 깨닫고 확인했건만

달콤한 허명에 취해 때를 잃고 말았구나

다시 시작하는 거야

기름때 잔뜩 낀 가슴을 풀고

깨끗한 윤슬로 다듬은 심안(心眼)을 찾아

순결한 세상으로 가자

「길 46」 전문

　「길 46」에서는 시인의 발길이 한겨울 소양호에 이르렀나 봅니다. 이 시에서는 시인이 꿈꾸는 세상이 시인만의 은유와 간결함과 편안함으로 우리에게 다가옵니다. 1연에서는 한겨울 소양호에 떠있는 배를 보면서 따뜻한 세상이기를 소망하며 말 하나가 타인의 가슴에 비수가 될 수 있음을 경고하고 있습니다. 2연에서는 사람들이 몰라서 안 하는 게 아니라 실행하지 않아서 못 하는 것을 꼬집고, 즉시 세상을 위한 따뜻한 동행을 하자고 설득하고 있습니다. 마지막 연에서는 이번 시집을 내는 시인의 마음이 그대로 전해질 정도로 세상과 독자들을 향한 시인의 간절한 염원과 희망이 전해집니다.

차용국 시인의 시에는 시인의 세상을 위한 철학이 있습니다. 시인의 올곧고 세심한 눈으로 본 세상과 사람의 문제가 자연에 투영되어 차용국 시인만의 문장과 작법으로 독자들의 가슴에 알알이 맺힙니다. 차용국 시인의 시는 독자의 일상과 영혼을 깊숙이 파고들어 삶의 이정표가 되기에는 충분하고도 남음이 크다고 할 것입니다. 차용국 시인의 제3시집이 벌써 설렘과 흥분 속에서 기다려집니다. 차용국 시인과 그의 가족, 그리고 차용국 시인의 수많은 독자의 삶에 평화와 사랑이 언제 어디서나 가득하기를 기도합니다.

차용국 시인의 제2시집 발간에 부쳐

시인, 이완근

　모든 사람들은 여행을 꿈꾼다. 그리고 그 여행은 우리의 삶에 크고 작은 의미를 부여한다. 그 여행이 괴나리봇짐을 등에 지고 떠나는 여행이든 생의 의미를 찾아 떠나는 여행이든 말이다. 차용국 시인의 시는 그런 의미에서 방랑자의 시다. 그가 찾아 떠나는 여행은 앞의 두 가지를 모두 내포하고 있다. 다만 그는 여행을 떠나며 삶의 행복을 추구하되 나만의 행복을 빌지 않는다. 이웃에 대한 끝없는 애정이 담겨 있다. 그의 고운 심성을 엿볼 수 있다.

　그는 천상 시인이지만 시인인 척하지 않는다. 일기를 쓰듯 삶을 기록하고, 그 기록에는 그의 시적 천착이 녹아 있다. 그는 또 여행을 떠날 것이다. 그의 여행가방을 풀어놓고 들여다보는 일은 빛나는 보석을 함께 감상하는 일보다 즐거운 일이다.

삭막해진 마음을 두드리는 시 한 편,
회색빛 아스팔트 틈새로 피어나는 꽃송이처럼
여러분의 마음에 긍정에너지로 전해지길
기원합니다

| 권선복
도서출판 행복에너지 대표이사

오늘날 시를 찾는 사람들은 많지 않습니다. 이런 세상에도 여전히 시를 읽고 쓰는 사람이 있다면, 그는 분명 보기 드물고 귀한 사람이겠지요. 차용국 시인은 바로 그런 사람들 중에 한 명입니다.

도시화가 진행되면서 사람들은 점차 자연과 멀어졌습니다. '아스팔트 킨트'라는 말까지 생겨났을 정도로 요즘 세대에겐 흙보다는 아스팔트가 더 익숙합니다. 이런 분위기 속에서도 시인은 여전히 자연을 노래합니다. 시집을 읽은 독자라면 느낄 수 있을 것입니다. 아스팔트 바닥 틈새로 피어난 꽃을 바라보는 시인의 섬세한 시선을 말입니다. 남들이 미처 보지 못하고 지나친 것을 발견하는 일, 그것이 바로 시인의 시선 아닐

까요. 이러한 시인의 시선을 따라가다 보면 어느새 삭막해진 마음 한구석에도 따뜻한 긍정 에너지가 움트는 것을 느낄 수 있을 것입니다.

차용국 시인은 공직자로서의 삶을 30년간 이어왔습니다. 공직의 길을 걸어온 와중에도 시인으로서의 감수성을 잃지 않고 살아온 차용국 시인이 대단하게 여겨집니다. 공직자의 길과 시인의 길. 두 갈래의 길을 넘나들며 꾸려온 삶은 시집의 제목처럼 어떤 경이로움에 가깝겠지요. 일상의 사소한 것도 허투루 보지 않고 눈여겨보는 일. 삶이 경이로운 순간은 일상의 곳곳에 숨어있습니다. 『삶은 다 경이롭다』는 바로 그 순간들에 대한 기록입니다.

『삶은 다 경이롭다』를 읽으면 그간 무뎌져 있던 감수성이 되살아나는 것을 느낄 수 있을 것입니다. 이 시집을 읽는 독자 분들의 마음속에도 자연을 거니는 여유가 스며들길 진심으로 기원합니다.

출간후기

연꽃처럼 살다가
수련처럼 가련다

호정 지음 | 값 15,000원

이 책은 생이유상(生已有想)의 삶을 꿈꾸는 저자 호정 스님이 말하는 세상의 이치와 깨달음에 대한 이야기이다. 인과응보와 업장의 원리로 돌아가는 세상 속 뭇 중생의 이야기로 책을 읽다 보면 사람과 사람 사이에서 부처의 가르침을 발견하기도 하고, 사람과 자연 간의 공존을 말하기도 한다. 삶의 풍경 곳곳에서 마주치는 부처의 이야기를 접하다 보면 어느새 암자에 들어온 듯 마음이 편안해지는 것을 느낄 수 있을 것이다.

새 집을 지으면

정재근 지음 | 값 12,000원

시집 『새 집을 지으면』에서 저자는 늘 마음의 중심이 되어주던 부모님과 스승들의 가르침을 되새기며 평생을 소명으로 여기던 공직자로서의 삶에 대한 감회와 후배들에 대한 당부를 덧붙인다.

대나무, 난초와 같은 향기를 담은 이 시집을 읽다 보면, 선비의 풍모를 간직하고 있는 저자의 은은한 인문학적 묵향(墨香)에 독자들도 물들고, 시집 속에서 공직자로서 좋은 귀감을 삼을 대상을 마주할 수 있을 것이다.

나부끼는 깃발은 사랑이었노라

이옥진 지음 | 값 15,000원

한 교회에서 25년간을 목사의 아내로 활동한 저자는 다양한 이웃들을 만나고, 기쁨과 슬픔을 함께하며 느꼈던 수많은 감정들을 성경의 일화에 빗대어 묵상하며 하나님의 임재와 기적을 이야기한다. 교회에 다니지만 아직 참된 진리를 알지 못하는 사람, 혹은 하나님의 임재를 느끼고 싶어 하며 신앙의 목마름을 느끼는 교인들은 이 책을 통해 성경 읽기를 생활화하여 영혼을 변화시킬 수 있을 것이다.

내 인생의 오답노트

노회현 지음 | 값 15,000원

이 책 『내 인생의 오답노트』는 평생 이상을 향해 도약하며 상처 입고 짓밟혔던 저자의 인생을 담은 회고록이자 동시에 저자의 마지막 사회사업이기도 하다. 꿈과 도약, 좌절의 반복이었던 저자의 인생을 그림과 시로 풀어낸 이 에세이는 인간과 사회에 대한 깊이 있는 성찰을 담고 있기도 하다. 특히 '상식이 통하는 사회'를 바랐던 저자의 열망과 이상을 실현하기 위해 떠나 온 가족에 대한 애틋한 사랑으로 독자의 마음을 두드릴 것이다.

아내가 생머리를 잘랐습니다

유동효 지음 | 값 15,000원

시집 『아내가 생머리를 잘랐습니다』는 시련을 통해 가족이 성숙해 가는 과정을 담고 있다. 암에 걸린 간호사 아내와 남편, 아이들로 이루어진 가족이 함께 시련을 극복해가는 모습이 오롯이 녹아 있는 것이다.
미약한 일개 인간의 힘으로 넘어설 수 없는 암이라는 시련을 넘어서는 가족의 힘은 동시에 노력과 자기 단련의 시간이 있어야 가정이라는 사랑의 공동체를 유지할 수 있다는 진리를 역설한다.

언젠가 떠나고 없을 이 자리에

안정숙 지음 | 값 20,000원

이 책 『언젠가 떠나고 없을 이 자리에』는 지리산 자락의 산골마을에서 태어나 평생 꿈을 꾸고, 또 그 꿈을 좇는 인생을 살아 온 저자의 삶이 담긴 회고록이자 솔직담백한 문학적 감성이 담긴 수필집이다. 담백한 일상 속에서 번뜩이는 철학적 사유, 사람과 삶에 대한 애정은 저자가 직접 쓰고 그려 낸 시·그림과 함께 독자들의 가슴을 때로는 따뜻하게, 때로는 먹먹해지게 하는 공감을 선사할 것이다.

나뭇잎으로 살아서 미안해
낙엽으로 갚아줄게

김예진 지음 | 값 15,000원

김예진 작가가 전하는 이야기들은 마음 한구석을 시큰하게 한다. 그동안 잊고 살았던 소중한 존재들을 떠올리게 하는 이야기들을 한데 엮었다. 그 이야기에 귀 기울이고 있노라면 주변 사람들을 다시금 돌아보게 될 것이다. 이 책에 실린 글들이 부모님, 친구, 형제. 가까이에 있다는 이유만으로 잊고 지낸 사람들과의 관계의 회복을 가져다주는 온기가 되길 기원해 본다

사랑의 구름다리

조규빈 지음 | 값 15,000원

조규빈 저자의 이 세 번째 수필집 『사랑의 구름다리』는 '자연'과 '열정'을 주제로 삼아 인생의 의미를 탐구하고 있다. 항상 우리 주변에 담백하고 신선하게 존재하며 인간에게 큰 교훈을 전달하는 자연에 대한 절제된 문학적 찬미가 돋보인다. 또한 길어진 인생을 열정적으로 살지 못하고 쉽사리 나태해지는 사람들에 대한 통렬하면서도 애정 어린 충고가 목적 없이 방황하듯 시대를 살아가는 젊은이들에게 삶의 이정표를 제공할 것이다.

행복한 나들이

권선복 외 120인 지음 | 값 30,000원

『행복한 나들이』에는 가면이 없다. 더러는 겨우 세수만 하고 나온 듯 삶의 민낯을 보여주는 시들도 있다. 근엄한 줄 알았던 모습 뒤에 그저 따뜻한 할아버지의 모습도 있고, 차갑고 치밀한 경영인의 양복 뒤에 숨겨 둔 털털하고 따뜻한 '키다리 아저씨'의 모습도 있다. 전문적인 시인이 따라올 수 없을 정도의 시적 정취가 있는 이들의 삶, 이들의 함성이 가져올 시 문화의 반향을 기대해 본다.